Alois Friedrich Graf von Brühl

Der neue Herr oder die höflichen Bauern.

Ein Singspiel in 2 Akten

Alois Friedrich Graf von Brühl

Der neue Herr oder die höflichen Bauern.
Ein Singspiel in 2 Akten

ISBN/EAN: 9783743623538

Hergestellt in Europa, USA, Kanada, Australien, Japan

Cover: Foto ©Andreas Hilbeck / pixelio.de

Weitere Bücher finden Sie auf **www.hansebooks.com**

Der
neue Herr
oder die
höflichen Bauern.

Ein Singspiel

in zwey Akten

nach

der Ankunft des Herrn

neu bearbeitet.

Breslau und Hirschberg, 1788.

bey Johann Friedrich Korn, dem Aeltern,

im Buchladen neben dem königl. Ober- Zoll- und
Accisamte auf dem großen Ringe.

Personen.

Peter, ein alter Bauer.

Christel, seine Tochter.

Der General.

Grüne, Verwalter des Gutes.

Karl } zwey neue Einwohner des Dorfes.
Christoph,

Der Richter.

Aennchen, seine Tochter.

Bauern und Bäuerinnen.

Knaben und Mädchen.

Dorfmusikanten.

Erster Akt.

(Der Schauplatz ist ein Dorf, auf einer Seite Peters Wohnung, an der auf dem Theater eine grüne Laube angebaut ist, gegenüber Karls Wohnung.)

Erster Auftritt.

Peter und Christel.

Christel. (singt)

Arie.

O Tugend! deren holde Macht
So sanft des Menschen Herz regieret,
Die jenen finstern Spott verlacht,
Den Epikur im Munde führet
Nimmst du die Unschuld für dich ein
So kann sie nie verlohren seyn.
Wenn sich auch Lasterhafte wagen,
Uns unser Glücke zu entziehn
Uns zu berauben sich bemühn
So ist man doch nur zu beklagen.

A 2   Peter.

Peter.

Nein! mein Kind! Man ist nie zu beklagen, wenn man sich nie von dem Wege
der Tugend entfernt, sie allein kann uns
trösten. sie macht, daß man dem widrigsten
Schicksale trotzen kann, und blos durch
sie empfindet man endlich jene himmlische
Zufriedenheit, die auch wir in uns anjetzo
zu fühlen im Stande sind.

Christel.

Ach bester Vater! Mein größtes Glück ist
das, unter Ihrer weisen Anführung zu leben; Ihren Lehren allein hab' ich meine
gute Aufführung zu danken, und o! welch
grauenvolles Verhängniß würde mich nie-
derbeugen, wenn ich Sie liebster Vater je zu
verlassen gezwungen würde, wenn mich das
Schicksal von Ihnen zu trennen suchte!

Peter.

Und doch ist uns dieser fürchterliche Augenblick schon sehr nahe; wir müssen uns
beide darauf vorbereiten. Du siehst, daß
mein Alter und meine ausgestandnen vielen
Trübsale, mich tagtäglich dem großen
Schritte nähern, mit dem ich der Natur ihren

ren Tribut bezahlen muß. Er würde für mich fürchterlich ſeyn, wenn ich nicht gewiß verſichert wäre, daß die Tugend in Deinem Herzen feſte Wurzeln gefaßt hätte, denn dieſes iſt der einzige Reichthum, den ich Dir hinterlaſſen kann.

Arie.

Ich fühl' es ſchon, die matten Kräfte
Verlieren ihre Nahrungs-Säfte:
Der treue Stab ſtützt nur mit Müh'
Die morſche Wohnung meiner Seele
Und von des Lebens Nahrungs-Oele
Stärkt ſich nicht mehr mein altes Knie,
Es weicht und zittert und weicht wieder
Und trägt die drauf gebauten Glieder
Zwar willig, aber nur mit Müh.
Bald ſtrecken ſich die welken Glieder
Im engen Sarge ruhig nieder,
Dann zitterſt du nicht altes Knie.

Chriſtel.

O! lieber Vater! Erſparen Sie mir eine Schilderung, die mein armes Herz durchboret. Ach! nie, nie werde ich dieſen ſchrecklichen Augenblick überleben!

Peter.

Peter.

Was sagst Du Kind? Ist das die Frucht
derjenigen Grundsätze, die ich Dir von Jugend auf beyzubringen suchte.   O! liebe
Tochter! Nichts kann den unergründlichen
Rathschlüßen der höchsten Vorsehung widerstehen, alles ist ihren Befehlen unterworfen,
und wir müssen ohne Murren anbeten.   Ja!
Christel! Ich wiederhole es noch einmal,
dieser Augenblick ist nicht weit mehr entfernt, ich fühl ihn bereits mit starken
Schritten herannahn.   Meine einzige Sorge dabey ist die, Dich hier allein zu lassen.
Obgleich unser Vermögen nicht ansehnlich
ist, so kannst Du ihm ohne fremde Beihülfe
dennoch nicht vorstehn; ich habe aber schon
seit einiger Zeit im Sinne gehabt, Dir deswegen einen Vorschlag zu thun. — —
— — Was meinst Du darzu? Karl, unser Nachbar ist ein junger Mensch, der Tugend und erhabne Sitten besitzt, und ich
hege Hochachtung und Liebe für ihn? —
— — Du erröthest? — — — Komm
liebe Christel! komm und eröffne Dein Herz
einem Vater, einem Freunde, der Deines
Vertrauens würdig ist! — — — Sag
mirs

mirs aufrichtig, glaubst Du wohl, daß
Nachbar Karl meine Christel werth sey?

Christel.

Mein lieber Vater, nie will ich meine Re=
gungen vor Ihnen verhelen, vor Ihnen, der
mir nichts als gutes gerathen! Ja! ich will
es Ihnen frey gestehn, ich habe Karln nicht
ohne — — — —

Peter.

Schon genug meine gute Christel! Ich
sehe unsern Richter kommen, wir wollen her=
nach weiter davon sprechen, und das übrige
kann ich ja ohnedem errathen. Geh gutes
Kind! — — — Komm umarme mich noch
einmal!

Christel.

(Indem sie ihn umarmt.) Mein lieber Va=
ter! (Sie geht.)

Zweyter Auftritt.

Peter, der Richter (von hinten hervor.)

Richter.

(Indem er viele närrische Komplimente macht,
singt er.)

A 4   Arie.

Arie.

Sein Diener Herr Peter! Herr Gnädiger
    Herr! — — — —
Herr Nachbar! — — — Ihr Gnaden —
    — — (bei Seite) Wie wird mirs
    so schwer!
Habt Ihr wohl geschlafen? — — Habt
    Ihr gut geruht?
— — Ich sag, guten Morgen! — — —
    (für sich) Mir fällt schon der Muth.
Ei! — — hört doch — — Ihr Gnaden!
    — — Euch, Peter zu nennen! — —
Ihr — Nachbar — — zu sagen, Sie
    besser zu kennen — —
Gevatter! verzeiht mir! verzeihn Sie mir
    schon,
Bald sag ich, he! Nachbar! Bald sag ich
    Baron.

Peter.

Guten Morgen lieber Gevatter! kommt
setzt Euch mit mir in meine Laube!

Richter.

(Mit immer fortdaurenden Komplimenten)
Ach nein! laßt mich nur vorher

Peter.

Peter.

Wozu denn aber alle die Umſtände, die Verbeugungen, dieſe ernſthaften Mienen.

Richter.

Unſere ehrſame Gemeinde hat ſo viel Ehrfurcht, ſo viele Hochachtung, ſo viel Reſpekt, ſo viel Zutrauen zu Sie, zu Euch —

Peter.

Ihr liebt mich, Kinder, das iſt mir bekannt, warum macht Ihr alſo alle dieſe Umſtände mit mir, mit mir, der Euch liebt, und wieder von Euch geliebt wird?

Richter.

Und wie kann man auch anders! — — Wenn mans ſo recht bedenkt, wer Sie ſind, und was Sie jetzund vorſtellen, und was und wer Sie ſeyn könnten? und hernach, was Sie uns ſeit Ihrem Hierſeyn ſchon alles für gutes gethan haben.

Peter.

Verbannet dieſen Gedanken, lieber Gevatter! Ihr ſeyd der einzige im Dorfe, dem ich mich bey meiner Ankunft vertraut habe, damit, wenn ſich jemals, ſollte es auch erſt

nach

nach meinem Tode geschehn, die widrigen
Glücksumstände die mich verfolgen, wieder
ändern sollten, meine Tochter zum wenigsten
einigen Anspruch auf das Recht machen
könnte, das ihr ihre Geburt gegeben hat;
allein diese Hoffnung ist nun auf ewig zer-
flossen: Ich bin und bleibe nunmehr der alte
Peter! Dieser Name ist endlich meinem Herzen so reizend geworden, daß ich ihn auch
nicht gegen mein voriges Glück vertauschen
möchte: Wollt Ihr mir also inskünftige
das Leben nicht sauer machen, so laßt der-
gleichen Verbeugungen, Umstände und Gedanken bey Seite.

Richter.

Nun! wenn Ihrs selber nicht anders haben wollt, so muß man sichs freilich auch
gefallen lassen. Aber doch auf die Hauptsache zu kommen, so hat mich eigentlich
eine ehrsame Gemeinde zu Euch hergeschickt,
um Euch um einen guten Rath zu bitten.
Wir haben ein gutes Werk vor uns, und
wir wissen uns doch dabey weder zu rathen
noch zu helfen, und da sagten denn meine
Gerichts-Schöppen zu mir: Wißt ihr was
Herr Richter! geht doch zu unserm alten
Nachbar Peter; es ist ein verständiger Mann,

und

und darzu noch euer bester Freund! es ist ein
Mann der was in der Welt gesehen und erfahren hat, und alles was er uns noch gerathen hat, das ist uns auch gut von statten
gegangen, und da bittet ihn doch recht schön,
daß er so gut seyn und uns mit seinem
guten Rathe auch dasmal noch beystehen
möchte!

Peter.

Ei, ei, lieber Gevatter! mußtet Ihr denn
wegen dieser Kleinigkeit so große Zeremonien
machen? Waret Ihr denn nicht ohnehin
schon im Voraus von mir überzeugt, daß
ich alles in der Welt thun würde Euch zu
dienen? Wahrlich Ihr habt mich durch Euer
Mißtrauen beleidigt, aber ich verzeihe Euch
mit dem Bedinge künftig immer mit mir, wie
mit Eures gleichen umzugehn! Nun laßt
doch hören, was es eigentlich seyn soll?

Richter.

Je! Nun! Ihr wißt ja halt ich nur gar
zu wohl, daß unser guter alter gnädiger Herr
gestorben ist, und daß wir auch alle im ganzen Dorfe um ihn geweint haben wie die
alten Weiber, weil er ein so gar zu guter lieber gnädger Herr war, und Ihr wißt auch
daß

daß die Erben das Gut nicht behaupten konn-
ten, weil ihrer gar zu viele dazu waren, und
keiner Geld genug hatte, die andern hinaus
zu zahlen, und das wißt Ihr auch, daß da
der Herr Grüne herkam, und das Gütchen
frisch weg kaufte. Nun da habt Ihr vielleicht gedacht, daß das unser gnädger Herr
selber wäre. Nicht wahr?

Peter.

Wie anders? hat das nicht ein jedes geglaubt?

Richter.

Ja! Kicks Barthel! — — Herr Grüne
hat wieder einen Herrn über sich, der noch
ein größerer Herr ist, wie er, und dieser
neue Herr, wird heute hier ankommen. Ver-
steht Ihr mich nun?

Peter.

Nicht ganz, redet nur weiter!

Richter.

Ja nun! Da möchten wir ihm doch auch
gerne zeigen, daß wir noch ein Bischen.
Grütze im Kopfe haben, und, und möchten
ihn gerne so recht fein gescheid empfangen,
mit so was echt schönem, das gut heraus-
kömmt

kömmt und uns rechte große Ehre macht,
mit einer — — — — wie mans heißt,
mit einer, — — mit einer — — —
ich habe das Ding einmal in der Stadt gesehen, wie dem Könige sein Geburtstag war,
mit einer — — je! daß dich doch der
Henker, es schwebt mir auf der Zunge, mit
einer — — ja! mit einer Limmellummelation, und so mit Schüßen drunter, und
hernach mit einer Operation, die aber so
recht fein zierlich ausgestudirt seyn müßte.
— — Und seht Jhrs, weil wir nun einmal wissen, daß Jhrs unter uns allen am
geschwindesten machen könnt, so wollten wir
Euch darum gebeten haben, das Ding alles
recht ordentlich zusammen zu traktiren,
lieber Gevatter!

Arie.

Wir wollten unsern neuen Herrn
So mit was rechts empfangen,
Und darzu auch von Herzen gern
Nach alten Thalern langen.
Fast jedermann im ganzen Ort
Sinnt Tag und Nacht, und fort und fort
Und spintifirt
Und kritisirt
Und weiß nichts auszuführen;

Drum

Drum soll die Operation
Die Limmellummelation
Und's Schieß-Gewehr
Zu unsrer Ehr
Herr Peter dirigiren!

Peter.

Das will ich ja mit dem größten Ver-
gnügen thun! O! meine lieben Freunde!
Ich will Eure Freude von ganzem Herzen mit
Euch theilen, und mein möglichstes darzu
beytragen, daß Ihr Ehre davon habt. —
Laßt mir nur einige Augenblicke Zeit der
Sache nachzusinnen, lieber Gevatter!

Richter.

Je! von Herzen gerne, Zeit so viel Ihr
wollt, sinnt nur was recht kluges aus!

Peter. (nach einer kleinen Ueberlegung)

Ja! ja! Ich dächte, so wäre es am besten! Hört doch Gevatter! Wenn Ihr ihm
mit allen unsern jungen Leuten bis auf die
Gränze entgegen rittet? — — Ihr würdet
ihn da bewillkommen, und im Namen unserer ganzen Gemeinde anreden. Ich Euer
alter Peter werde ihn hier im Dorfe mit unsern

fern alten Nachbarn erwarten; wenn Ihr
wollt, so kann ich auch ein Paar Worte zu
ihm sagen: Die jungen Mädchen aber, alle
mit Blumen bekränzt, und mit Blumen in
der Hand, die sie ihm entgegen streuen. —
— — — Ja! ja! ich hoffe, es wird ein
reizender Anblick für ihn werden. — —
Stille! es kommt mir da noch ein guter Gedanke, die Gelegenheit darzu kann nicht vor-
theilhafter gefunden werden; hört doch! eine
Bauern Hochzeit! — — — — Ja! geht
nur Herr Richter! geht und schickt mir unsere Mädchen mit ihren Blumenkränzen gleich
den Augenblick her und bekümmert Euch
sonst um gar nichts weiter, ich will für das
andere alles selber Sorge tragen, und ich
hoffe Ihr sollt mit mir darüber zufrieden
seyn.

Richter.

Ja! es ist wahr, es geht doch nichts über
einen gescheiden Kopf! Nun! ich will gleich
gehn und Anstalt machen, Adjeu! Gevatter
Peter!   (Er geht.)

Peter (ihm nachrufend.)

Lebt wohl Gevatter!

Dritter

Dritter Auftritt.

Peter allein.

Mit Recht bin ich den guten Leuten so zugethan, sie schenken mir ja so treuherzig, so freundschaftlich ihr ganzes Vertrauen, ihre ganze Zuneigung, nehmen nicht das geringste vor, wo sie sich nicht bey mir, wie bey einem Vater Raths erholen sollten, nun ihr guten Leute ihr verdient davor meine ganze Gegenliebe. Aber ich will mein Vorhaben dem ohnerachtet nicht aus den Augen lassen! — — Ich bin überzeugt, daß Karl meine Tochter liebt, und daß er von ihr wieder geliebt wird, ich muß die guten Kinder näher mit einander bereinigen, jetzt ist die beste Gelegenheit darzu. — — Man wird unserm gnädigen Herrn nie eine reizendere Vorstellung darbieten können. Wenn er anders ein zärtliches Herz besitzt, so wird er selbst nicht ohne Entzücken die Freude zweyer sich zärtlich liebenden Herzen sehen können, sein Gesicht wird die Züge der Zufriedenheit von dem ihrigen entlehnen, und so wird sie sich durch ihn aller andern Zuschauer bemächtigen. — — O! ohnstreitig ist dies die beste Art einen Freund der Menschlichkeit zu bewillkommen!

kommen! (Er geht und klopft an Karls Hause
an und ruft) Karl bist Du zu Hause?

Vierter Auftritt.

Karl und Peter.

Karl (von innen.)

Ja! ja! gleich! (indem er heraustritt.)
Ach! seyd Ihrs Vater Peter? Was ist zu
Euren Diensten?

Peter.

Guten Morgen, lieber Karl! wie geht
Dirs? Wir haben Dich gestern den ganzen
Tag nicht zu sehn bekommen, warst Du et-
wau gar krank? Ich will nicht hoffen! —
— — Ich und meine Tochter haben uns
recht sehr über Deine Abwesenheit geäng-
stiget.

Karl.

Eure Tochter auch, sagtet Ihr?

Peter.

Ja! ja! auch meine Tochter! Aber warum diese Frage?

Karl.

O! Nichts! nichts!

B   Peter.

Peter.

Habt ihr etwan einen kleinen Streit oder Uneinigkeit mit einander gehabt? —— Oder ist Dir etwan meine Abendvorlesung zuwider?

Karl.

O nein! sie ist im Gegentheil sehr reizend für mich, ich wollte Euch gerne alle Tage zuhören.

Peter.

Höre Karl! ich bin jetzt alt: ich habe in meiner Jugend auch die schädliche Art von Verstellung gekannt, die man in der großen Welt mit dem angenehmen Titel der Höflichkeit zu beehren pflegt, ich habe aber leider durch die Erfahrung gefunden, daß sie uns niemals zu einem guten Zwecke führt. Ich wiederhol' es nochmals, jetzt da ich alt bin, bin ich gern aufrichtig; sey Du es auch gegen mich lieber Karl! Glaubst Du wohl, daß Du Dich vor meinen Augen hast verstellen können? Nein! seit dem ersten Augenblicke Deiner Ankunft hab ich wahrgenommen, daß Du nicht der bist, der Du unter uns scheinen willst.

Karl.

Karl.

Wie? lieber Peter! Ihr solltet glauben

— — — —

Peter.

Ich sehe es sehr gut ein, daß Du nicht zu dem niedrigen Stande gebohren bist, in dem Du Dich jetzund befindest. Lieber Karl! eröffne mir dein Herz als einem aufrichtigen Freunde, eröffne mirs ohne alle Furcht und sey versichert, daß Dein Geheimniß in dieser alten redlichen Brust ewig verschlossen bleiben soll. Seit dem ersten Augenblicke, da ich Dich kennen lernte, hab ich Dir meine ganze Zärtlichkeit geschenkt, und jemehr ich mir Mühe gab, Deine Aufführung nach und nach zu untersuchen, jemehr hat sich meine Zuneigung zu Dir vermehrt. Deine gute Lebensart, Deine Tugend und Deine erhabnen Sitten verdienen meine ganze Hochachtung. Ich stehe jetzt schon mit einem Fuße auf dem Grabe, und lasse ein einzig geliebtes Kind, eine einzige Tochter zurück, die weiter keinen andern Reichthum, als ihre Tugend besitzt; der Gedanke sie nach meinem Tode allein und ohne die geringste Hülfe zurück zu lassen, ist für mich unerträglich. Auf dich liebster, bester Freund hab' ich noch meine ganze übrige

Hoffnung gesetzt, weil mirs verschiedene mal
so vorgekommen ist, als wenn sie dir nicht
ganz gleichgültig wäre: gesteh mir frey, hab
ichs errathen, oder hab ich mich in meiner
Meynung geirrt?

Karl.

O liebster bester Vater! wie glücklich macht
ihr mich? durch dieses Anerbieten kommt ihr
allen meinen Wünschen zuvor; ja ich gesteh
es mit Freuden! Christel eure unvergleichliche
Tochter, ist der einzige Gegenstand meiner
aufrichtigen Liebe, sie allein kann mich zu dem
glücklichsten unter allen Menschen machen.——
—— Kaum kam ich hierher, kaum sah ich das
holde Mädchen, als ich ihr auch schon mein
Herz geschenkt hatte, als ich mir auch sogleich
vornahm, entweder Christeln, oder gar keine
zu meiner Gattinn zu erwählen.

Arie.

Ich muß es euch gestehn,
Daß ich nur Christeln liebe;
Kaum hatt ich sie gesehn,
So fühlt ich auch die Triebe
Der tugendhaften Liebe
In meiner Brust entstehn:

Doch)

Doch wagt ich,s nicht,   denn ich hielts
für Verbrechen
Um ihre Hand den Vater anzusprechen.

Hier ist es das Geheimniß, welches mir schon
so lange auf dem Herzen lag und welches ich
mich nie euch zu entdecken wagte;   aber erlaubt mir nun auch eine andere Frage.

Peter.
Rede mein Sohn! rede!

Karl.
Sagt mir aufrichtig, kann ich auch wohl
hoffen, daß ich die Hand eurer schönen Tochter nicht blos nur ihrem kindlichen Gehorsa-
me gegen euch, sondern noch andern reizen-
dern Trieben zu verdanken habe?

Peter.
Das ist nunmehro deine Sache, lieber
Karl, ich habe zwar wohl eine Tochter, aber
mit nichten eine Sklavin und dein Glück,
wenn du es anders dafür hältst, hängt blos
und allein von ihrem eignen freyen Willen ab,
und wenn sie dich nicht selbst zu ihrem Gatten
wählt — — — Aber, ehe ich noch meinen Willen darein gebe, so mußt du mir

B 3   noch

noch vorher sagen, wer du eigentlich bist?
— — (mit Ernst) Nein, mein Herr! glauben Sie nicht, daß wenn ich in Ihnen einen
höhern Stand finde, als den meinigen, ich
jemals in diese Heirath einwilligen werde.
Nein mein Herr! nein! der Himmel bewah-
re mich, daß ich meine Tochter jemals einem
solchen Vorwurfe aussetzen sollte.

Karl.

(Bey Seite) Warum bin ich doch gezwungen mich so zu verstellen! (laut) Bester
Vater! Wenn auch meine Sitten euch vielleicht erhabner scheinen, als der Stand in
dem ich mich jetzt befinde, so sind sie doch
nur blos die Frucht einer guten Erziehung,
die ich in meinen ersten Jugendjahren erhielt,
nicht aber die Folgen einer guten Geburt.
Ich wurde nur auf dem Dorfe gebohren, aber
meine Gesichtszüge gefielen dem Herrn des
Ortes, der mich deswegen mit seinem eige-
nen Sohne erziehen und alle seine Unterwei-
sungen mit ihm theilen ließ. Der junge Herr
dachte, daß ein reicher Edelmann der Wissen-
schaften nicht benöthiget wäre, ich aber glaubte, daß nur sie allein die Beförderung meines
Glückes seyn könnten. Ich lebte in diesem
glück-

glücklichen Zustande, als mir auf einmal das
Schickſal, erſt meinen Vater, kurz drauf aber
auch meinen Wohlthäter wegnahm. Allein
dieſer edle Mann hinterließ mir in ſeinem Te-
ſtamente eine anſehnliche Summe Geldes,
welches mir den Haß des jungen Herrn zu-
zog. Er verfolgte mich ſo weit, daß er mir
ſo gar nach dem Leben trachtete, ich mußte
alſo ſeinem Zorne zu entfliehen ſuchen. Einen Theil meines kleinen Vermögens wendete
ich an, um meines Bruders Abſchied zu kau-
fen, es iſt der nämliche, der mich hierher
begleitet hat. — — Da ich die Einſam-
keit und die Bücher liebe, ſo hatte ich mir vorgenommen, mit dem andern Theile, mich an
einem ruhigen Orte niederzulaſſen. Von un-
gefähr komm ich hierher; die wohlbeſtellten
Felder, die Einigkeit der Einwohner, der ru-
hige zufriedene Aufenthalt, den ich hier zu
finden glaubte, gefielen mir und ich bezeigte
meine Freude darüber, ja, ſagte mir alles,
dieſes haben wir unſerm Vater Peter zu danken: wir waren vorher arm, durch ihn ſind
wir reich und glücklich geworden. Kurz
darauf ſah ich euch, ſah eure Tochter und fing
an tugendhafte Empfindungen zu fühlen; was
brauchte es weiter um mich hier anſäßig zu

ma-

machen? und den Wunsch zu thun, daß ich mein Leben hier beschließen möchte.

Peter.

Küsse mich mein Sohn! der Himmel schuf dich zum besten der Menschen mit einer edlen Seele — — Höre Karl! heute Abends soll unser neuer Herr ankommen, ein junges Brautpaar wird ihn empfangen: du sollst der Bräutigam, meine Tochter aber die Braut seyn, wenn ihr nicht unter euch einig werdet, so bleibt es ein bloßes Spiel, denn ich werde meine Tochter nie gegen ihre Neigung zu handeln zwingen, jetzo will ich dir sie herschicken, macht die Sache selbst unter einander aus, euer Entschluß soll auch der Meinige seyn. (Er geht, kommt aber gleich wieder.) Karl, ich will dir im Vertrauen sagen, daß ich mir feste vorgenommen habe, niemals mehr, außer an dem Hochzeittage meiner Tochter zu tanzen. Bester Karl! verschaffe mir heute Abend dieses Vergnügen.

(Er geht ab.)

Fünf-

Fünfter Auftritt.

Karl (alleine)

(voll Entzücken) So werde ich doch noch
die Freude haben, meine englische Chri=
stel in kurzen zu besitzen, welches Glück
für meine Liebe! Das einzige geht mir nur
nahe, daß ich mich gezwungen sehe, mit einer
erdichteten Geschichte einen Greis zu hinter=
gehen, den ich hochschätze, den ich über alles
verehre und liebe.

Arie.

O Liebe! deren Wunder Macht
Minervens Weisheit selbst verlacht,
Wohin verführst du unsre Herzen?
Wenn du befiehlst so zittert schon,
Mit seiner Macht Saturnens Sohn
Statt Donnern liebt er Scherzen.
Aus Liebe müssen Helden spinnen;
Aus Liebe eine List ersinnen,
Sich Trojens Kriege zu entziehn.
So mußt auch ich um Christels Liebe,
Des Ruhms und selbst der Ehre Triebe,
Ja gar den besten Vater fliehn.

Den

Den besten Vater! Ja wohl den besten
Vater! und was er nun da sagen wird, wenn
er meine Geschichte erfährt? — — Ha!
das Ungewitter wird greulich toben, ich werde viel zu leiden haben. — — Aber mags
doch, ich kenne seinen Charakter, es ist derjenige aller hitzigen Leute, die bald aufzubrin-
gen sind, wo aber auch die Hitze bald wieder
vorüber geht. (Er ruft in sein Haus.) He!
Christoph! Christoph.

Sechster Auftritt.

Christoph und Karl.

Karl.

Komm! Christoph! komm! Ach ich bin
für Freuden außer mir, komm ich muß dich
in meine Arme drücken, lieber Christoph.

Christoph.

Eine sonderbare Gnadenbezeugung, die
ich mit demüthigem Danke erkenne, die aber
auch gewiß wichtige Bewegungsgründe ver-
ursachen müssen.

Karl.

Karl.

Ja, wichtige, Ja! ach ich bin entzückt
von Freude, von Vergnügen, vom — — —

Christoph.

Ich auch! Aber ich weiß noch nicht warum und worüber, gnädiger Herr!

Karl.

Endlich hab ich meinen Zweck erlangt,
endlich heirathe ich die Göttin!

Christoph.

Sie heirathen? Sie wollen sich verheira-
then?

Karl.

Ja! ich heirathe noch diesen Abend!

Christoph.

Und wen denn, wenns zu fragen erlaubt
ist?

Karl.

Je! nun! Narr! wen sonst, als die
englische Christel?

Christoph.

Peters Christel? Aha! nun verstehe ich
Sie erst gnädiger Herr! Verzeihen Sie, daß
ich nicht gleich auf den Gedanken kam! Ja,
ja,

ja, das ist so eine von den gewöhnlichen Win-
felheirathen, die Sie nur auf einige Zeit —

Karl.

Wie? abgefäumter Bösewicht? du könn-
test einen so entehrenden Argwohn auf meine
tugendhafte Christel werfen?

Christoph.

Je nun, könnten Sie mirs denn übel
nehmen, wenn ichs thäte? wären Sie nicht
selber Schuld daran? hatten Sie nicht selbst
den Gedanken wie Sie dem alten Rehkopf, einen von ihren verschlagensten Reutern sechs
Louisdor dafür versprachen, wenn er so glücklich wäre und das unschuldige — — —

Karl.

Schweig, Bärenhäuter! Erinnere mich
nicht mehr an Gedanken, die ich verabscheue,
vor denen ich jetzt erröthen muß. — — Ja!
es ist wahr, daß ich schon damals von ihren Reizen entzückt, verworren wurde, als
sie zu meinen Füßen stürzete, um wegen einigen von meinen Reutern begangenen Rau-
bes Gerechtigkeit von mir zu verlangen. Ich
ließ die Missethäter einziehen, und da ich sie
darüber wollte bestrafen lassen, so wußten
ihre

ihre zärtliche Thränen, die ſich auf immer den
Weg zu meinem Herzen gebahnt haben, den
Verbrechern ſtatt Strafe Vergebung auszu-
wirken.

Arie.

v. 1.

O! gnädger Herr! vergeben Sie!
Hört ich die Unſchuld ſprechen,
Denn man beſtrafet bey uns nie
So hart ein klein Verbrechen.
Sie raubten zwar das Feld voll Kraut,
Doch hat mein Vater mehr gebaut.

v. 2.

Sollt ich hierher gekommen ſeyn
Zum Unglück der Soldaten?
Herr Offizier! Herr Hauptman! Nein!
Ich will es gern entrathen,
Und gäbe lieber noch das Kraut
Das wir auch ſonſt wo angebaut.

Ganz außer mir reicht ich ihr eine ganze
Hand voll Gold hin, ſie nahm aber bloß einen halben Louisdor, den Betrag des erlit-
tenen Schadens; und nichts konnte ſie überre-
den,

ben, mehr von mir anzunehmen; ja, da ich
sie noch weiter darzu nöthigen wollte, so ent-
floh sie gar und hinterließ in mir eine Unruhe,
die nichts als ihr Besitz wieder heilen kann.

Chriſtoph.

Aber gnädiger Herr! Bedenken Sie auch
wohl, was Ihr Herr Vater dazu sagen wird,
wenn er erfahren sollte, daß seiu einziger Herr
Sohn, ohne auf seine Geburt, ohne auf seinen
vornehmen Adel zu denken,   sich mit einem
jungen Bauermädchen — — —

Karl.

Chriſtel kommt! Hurtig packe dich nach
Hauſe.

Chriſtoph.

O! von ganzem Herzen, ich mag ohnedem nicht gerne viel von der Geſchichte wiſ-
ſen. (Er entfernt ſich.

Karl.

(Der Chriſteln kommen ſieht.) Welche
reizende Geſtalt! Jugend, Freude und Unſchuld! — — Wie könnte man mir wohl
ein Verbrechen daraus machen, daß ich den
vollkommenſten Gegenſtand der Natur zu lieben

ben gezwungen bin? Ich muß mir die Freude machen in geheim ihre Handlungen zu
beobachten.

(Er versteckt sich hinter der Laube.)

Siebenter Auftritt.

Christel und Karl (versteckt.)

Christel.

(Sie kommt während dem Rittornelle der fol-
genden Arie mit einem Korbe voller Blumen
gerade zur Laube, und setzt sich auf die darinnen
befindliche Rasenbank, um ihre Blumen in Kränze zu winden.)

Arie.

Zu kurz beraumt für heute
Ist unsers Festes Freude;
Wenn man den gnädigen Herrn empfängt
Muß Ordnung alles schmücken.
Die Blumen, die wir pflücken,
Womit man sich den Hut behängt,
Die Kleider die uns zieren
Muß man schön ausstaffiren!
Wir können in so kurzer Zeit
Unmöglich seyn darzu bereit.

Was

Was doch unser Richter für ein böser Mann
ist, daß er uns von der Ankunft des
gnädigen Herrn so späte Nachricht gegeben
hat. Die Zeit ist wahrhaftig zu kurz, man
kann gar nichts ordentliches zurechte bringen,
und hernach hat auch mein Vater noch den
wunderlichen Gedanken, daß ich die Braut,
und Karl den Bräutigam vorstellen soll. O
Himmel! nie werden wir eins des andern
werden!

Karl.

(Der hinter der Laube fleißig zugehöret, vor
sich.) Das hab' ich eben am meisten befürch-
tet! Sie liebt mich nicht, ach! sie haßt mich!

Christel.

Ja, ja! ich muß diese Gedanken auf ewig
fahren lassen! Zerstreue dich mit deiner Ar-
beit, arme Christel! — — — Ich will
an dem Blumenstrauße fleißig arbeiten, den
ich dem gnädigen Herrn im Namen aller unserer jungen Mädchen darreichen soll! —
(sie fängt ihn an in Ordnung zu bringen.) Diese
Rose — — etliche Nelken — — hier eins
bis zwey Rosmarinstängelchen — — —
Ja! ich glaube er wird gut aussehen! (Sie
streckt

ſtreckt die Hand mit den Blumen aus, um ſie
von weitem zu betrachten, und zu ſehn, wie der
Strauß gerathen iſt, ſogleich küßt ihr Karl von
der Seite die Hand, ſie ſchreyt) Ha! — —
Himmel! was hat mir die Hand gefüßt?
Vielleicht gar ein Geſpenſt? — — — (In
dem ſie aufſteht.) O! wie würde mich mein
Vater über ſo einen albernen Gedanken aus-
ſchmälen, aber ſuchen will ich doch (Sie geht
um die Laube und findet Karln, der ſich noch
weiter verſtecken wollte.) Ha! Karl! du biſt
alſo? O! du garſtiger Karl! Wie haſt du
mich erſchreckt?

Karl.

Du biſt doch wohl nicht böſe, liebe Chriſtel, daß ich dir den kleinen Streich geſpielt
habe?

Chriſtel.

Und wer hat dir geſagt, daß ich nicht böſe darüber wäre?

Karl.

Deine Augen, dieſe ſchönen reizenden
Augen.

Chriſtel.

Ja! ſo ſind ſie alle die Mannsbilder, ſie
wollen alle aus unſern Augen leſen: aber
meine

meine Augen, damit du es weißt und damit
du inskünftige ihre Sprache besser verstehn
lernest, sollen recht böse, recht ungehalten
auf dich aussehen.

Karl.

Mit allem dem liebe Christel, finde ich
doch an ihnen die Dollmetscher deiner edlen
Seele. Bescheidenheit, Güte, und ein em-
pfindsames Herz gegen Unglückliche, blicken
gar zu deutlich aus ihnen hervor, sollten sie
denn nur für einen treuen Liebhaber, der dich
so zärtlich verehrt, ja der dich so gar anbetet,
sollten sie nur für den grausam seyn?

Duett.

Karl.

Sollten diese holden Augen
Dir nur mich zu quälen taugen?
Sollten nicht mitleidig seyn?

Christel.

Ja! Es sollen diese Augen
Mir nur dir zu sagen taugen
Karl! du nimmst mich niemals ein.

Karl.

Karl.

Sie finds, die mein Herz entzünden!

Christel.

O! du wirst noch andre finden,
Andre noch, als diese sind.

Karl.

Nein! Ich schwöre, niemals Kind!
Wenn sich diese nicht ergeben,
O so hör ich auf zu leben.

Christel.

O! du wirst noch länger leben,
Wenn sich die auch nicht ergeben.

Karl.

Nein ich sterb', ich schwör es dir,

Christel.

Du lebst länger, glaub es mir.

* * *

Christel.

Karl! Laß uns von diesem Gespräche ab-
brechen.

Karl.

Nein! liebſte Chriſtel! der entſcheidende
Augenblick meines Glücks leidet keinen An-
ſtand; es liegt blos an dir, noch heute zu
beſtimmen, ob ich der Glücklichſte aller Men-
ſchen ſeyn werde, oder ob du mein Herz, dieſes treue Herz, welches ganz mit deinem Bil-
de erfüllt iſt, mit einem Dolche durchbohren
willſt?

Chriſtel.

(Bey Seite.)   Ich weiß nicht wo ich bin?
(laut) Brich ab Karl! brich ab von einer Un-
terredung, die ich gar nicht anhören ſollte.
Verdient mein guter Vater eine ſolche Behand-
lung für das Vertrauen, das er in dich geſetzt
hat.

Karl.

Eben dieſer Vater iſt es ſelbſt, der mir
erlaubt, befohlen, mich dazu ermuntert hat,
mit dir zu reden, und dieſes entſcheidende
Wort, als die Belohnung meiner feurigen
Liebe von dir zu verlangen. Du weißt daß
dieſen Abend unſer neuer Herr ankommen ſoll,
dein Vater will, daß der Bräutigam und die
Braut von einer Bauernhochzeit ihn bewill-
kom-

kommen und ihm Blumen überreichen sollen.
Ein Wort, dieses erfreuliche Wort für mich,
kann unser Spiel auf einmal in die glücklich-
ste Wahrheit für mich verwandeln. Sprich!
liebste Christel! willst du dich meinen und deines Vaters Wünschen ergeben, und mich für
deinen Bräutigam erkennen, oder bist du so
grausam, meinen Tod zu verlangen?

Arie.

Und hast du meinen Tod beschlossen,
Wohlan! Es sey! wenn nur mein Grab
Von einer Thräne wird begossen,
Die deinem Auge Wehmuth gab,
Dann wird dich noch mein Geist umschwe-
        ben
Und dankend, dir den Segen geben,
Daß du dem Körper von dem Freund
In stiller Wehmuth zugeweint.

Christel.

(Für sich.) Ist er wirklich aufrichtig und
wäre mein Argwohn falsch? (laut) Höre Karl.
Ein ander Mädchen als ich, würde dir das
Leben sauer machen, dir sagen, sie habe deine
Liebe nicht gemerkt und hundert andere Aus-

C 3   schwei-

schweifungen zu Hülfe nehmen, um dadurch
den Preiß ihres endlichen Geständnisses zu
erhöhen; ich aber von einem würdigern Vater
erzogen, der mich gelehrt hat, vor der Un-
wahrheit und Verstellung einen Abscheu zu
tragen, ich sage dir aufrichtig: ich habe mit
Vergnügen den Eindruck bemerkt, den ich auf
dein Herz gemacht habe. Die Ehrfurcht die
du meinem Vater beständig erzeigt hast, hat
dir gleich Anfangs meine Hochachtung erwor-
ben, haben sich diese Gesinnungen gegen dich
nachdem in reizendere verwandelt, so hast du
auch diese selbst dem Lobe meines Vaters zu
verdanken.

Arie.

v. 1.

Wie könnt ichs länger dir verheelen!
Ja bester Karl ich liebe dich
Mein Vater mag dirs selbst erzählen,
Denn selbst mein Vater hieß es mich.

v. 2.

Karl, sagt er mit zufriednen Mienen,
Ist gänzlich meiner Christel werth,
Es wird mir zum Vergnügen dienen,
Wenn er mein Kind von mir begehrt.

v. 3.

v. 3.

Er wird mein Alter heiter machen,
Wenn ich durch ihn dich glücklich seh;
Am Rand' des Grabes will ich lachen,
Wenn ich zu meinen Vätern geh.

v. 4.

Zwar, Christel, will ich dich nicht zwingen,
Stimmt deine Neigung nicht mit ein,
Doch sollt ich dir den Bräutgam bringen,
So müßt es Karl, mein Nachbar seyn.

v. 5.

Die Tugend, der er sich ergeben,
Die Großmuth in dem niedern Stand,
Sein eingezogen kluges Leben,
Verdienen Christel! deine Hand.

v. 6.

So sog ich nach und nach die Triebe,
Ich wills gestehn, es mußte seyn,
Zu unsrer wechselseitgen Liebe,
Aus meines Vaters Munde ein.

v. 7.

Nun will ich dirs auch selbst erzählen,
Mein Vater, ja er hieß es mich.

Wie

Wie könnt ichs also dir verheelen?
Mein bester Karl! Ich liebe dich!

Aus diesem Geständnisse magst du erkennen, daß ich aufrichtig bin, willst du es nun
auch gegen mich seyn, oder willst du dich noch
länger verstellen? Du siehst mich erröthend
an. Gesteh mirs, ich beschwöre dich auf dein
Gewissen, bist du wirklich Karl, oder bist du
es nicht? Eine gewisse Aehnlichkeit. — —

Karl.

(für sich.) Wer kann ihr widerstehen!
(laut) Ich kann nicht länger schweigen, zu deinen Füßen muß ich dir entdecken, was mich
die Liebe zu dir unternehmen ließ, ich bin—
— (so bald er die Eintretenden gewahr wird steht
er auf, und stellt sich neben Christeln.)

Achter Auftritt.

Grüne, der Richter, die vorigen.

Grüne.

(Im Kommen.) Nun! nun! Ich bin mit
euren Anstalten zufrieden! Man siehts wohl,
daß ihr die Hände nicht in den Sack gesteckt
habt,

habt, denn sonst würde man nicht überall so
viel Ueberfluß — — — (Er erblickt Karln
und Chrikeln.) He! Wer sind denn diese zwey
jungen Affen?

Richter.

Ihr Gestrengen! das sind die beyden
Leutchen, die heute den gnäd'gen Herrn, als
Brautpaar empfangen sollen.

Grüne.

So, so, so! hm! hm! das Mädchen
gefällt mir gar nicht übel, meiner Treue ein
artig Mädchen!

Arie.

Du bist ein hübsches Kind,
Du könntst Madame seyn!
Wenn sich ein Freyer findt
So schlag fein hurtig ein.
Die Schönheit kann verwelken,
Wie Rosen und wie Nelken,
Doch Reichthum bleibet immer schön,
Drum laß den Freyer ja nicht gehn!

Hörst dus mein Schatz! du bist ein hübsches
artiges Mädchen, du mußt machen, daß du

bald

bald einen Mann kriegst, ehe deine Schönheit vergeht, wir wollen hernach bald gute
Freunde werden! (Er kneipt sie in die Backen,
sie stößt ihn zurück.)

Christel.

Lassen Sie mich, mein Herr!

Grüne.

Was zum Henker! thust du doch so sprö-
de, wie eine Minerva!

Richter.

Ja! wenn man im Brautstande ist, da
macht mans nicht anders, denn im Vertrauen
gesagt, ich glaube, daß unter den zweyen,
aus dem Spaße Ernst wird.

Grüne.

Ja so! hm! hm! das ist was anders. Sie
fürchtet sich also für dem Kerle da? Schon
recht, daß ichs weiß! (zu Karln) Du Bursche!
geh mir einmal aufs Schloß, ich habe da
mein Schnupftuch liegen lassen, bring mirs
hurtig her!

Karl.

(verbissen.) Mein Herr!

Grüne.

Grüne.

Nun zum Henker! wirds bald werden,
ober nicht? Mit wem red' ich denn?

Karl.

Mit einem Menschen, der durch ihre nie-
derträchtige Handlung wenig erbaut worden
ist, der aber auch nicht einmal darauf Acht
gegeben haben würde, wenn sie nicht derjenigen Hochachtung, die Sie einem tugendhaften
Mädchen schuldig sind, gänzlich zuwider wäre und sie deswegen billig beleidigen müßte.
Gehe nach Hause Christel! und sag es deinem
Vater, daß der Herr hier ist, er wird ohn-
fehlbar mit ihm sprechen wollen, und man
muß ihn nicht warten lassen. (Christel will
gehen.)

Quartett.

Grüne.

Nein! bleib hier, bis ichs befehle.
Scheints doch gar bey meiner Seele!
Als wärst du ihr Oberhaupt.

Christel.

Ich will meinem Vater sagen
Daß Herr Grüne nach ihm fragen,

Und

Und das iſt mir doch erlaubt.

Grüne.

Nein!

Karl.

Ja! Chriſtel, du kannſt gehen.

Grüne.

Das will ich zum Teufel ſehen!

Karl.

Herr! das kann er; glaub er mir!

Richter.

Karl! je Karl! willſt du wohl ſchweigen?

Grüne.

(zu Karln) Ich will dir, wer ich bin, zeigen;
(zu Chriſt.) Du bleib hier! das ſag ich dir!

Alle viere zuſammen.

Karl.

Liebe Chriſtel! auf mein Bitten
Entferne dich ſogleich von hier

Chriſtel.

Lieber Karl! du darfſt nicht bitten
Ich geh ohnedem von hier

Grüne.

Grüne.

Welche Grobheit! welche Sitten
Du bleib hier ich ſag es dir! (zur Chriſtel.)

Richter.

Geſtrenger Herr! ich will wohl bitten!
Karl halts Maul ich ſag es dir.

(Chriſtel eilt fort.)

Neunter Auftritt.

Karl, Grüne, der Richter.

Grüne.

Seht nur um Gottes willen! was ſich der
lüderliche Kerl unterſteht, ſich gegen ſeine ei-
gene Obrigkeit aufzulehnen, das iſt himmel-
ſchreyend! aber warte nur warte! ich werde
dich Mores lehren, daß du dich wundern
ſollſt!

Karl.

(drohend.) Hören Sie auf, Herr! oder.

Richter.

Je! Karl! Karl! Je du verzwackter Bur-
ſche! wirſt du wohl das Maul halten? weißt
du

du nicht, daß der geſtrenge Herre da, deine
Ober-Obrigkeit iſt, und daß er — —

Grüne.

Ja! ja! dein Glück iſt es, daß die Zeit
ſo kurz anberaumt iſt, und — und daß wir
nicht gleich einen andern Bräutigam haben,
ſonſt wollt' ich dir ſchon den Kitzel mit Prü-
geln vertreiben, du miſerabler Holunke du
du. Aber morgen! morgen da ſprechen wir
ein Paar Worte zuſammen, die dir gewiß
nicht lieb ſeyn werden.

Karl.

Das geht zu weit! die Geduld muß mir
ausreißen. Wiſſe Kerl! daß ein Mann von
deinem Anſehn niemals kein anderes haben
kann, als dasjenige, das ihm ein allzu guter
Herr ſich zu nehmen erlaubt, da er ſonſt blos
verdiente mit dem Stocke gezüchtigt zu werden. Ich verſchone dich heute noch; aber
weil du es ſo haben willſt; ſo wollen wir morgen zuſammen reden, da ſollſt du ſehn, daß ein
ſimpler Rock einen ehrlichen Mann deckt, da-
hingegen Treſſen und prächtige Kleider gar
oft einem nichtswürdigen Böſewichte zum
Deckmantel dienen.

(Er geht zornig ab.)

Zehn-

Zehnter Auftritt.

Grüne und der Richter.

Grüne.

Das ist ja ein verzweifelter Kerl! der hat ein Maul, daß man sich beynahe dafür fürchten möchte? — — Nicht wahr Richter! das ist ein Flegel, der seines gleichen sucht.

Richter.

Ja nun! gestrenger Herr! es ist noch ein junger unerfahrner Bursche, er weiß noch nicht recht, daß man nicht immer die Wahrheit so gerade heraus sagen darf, wie man gern möchte.

Arie.

Man muß die Wahrheit nicht
Gerade ins Gesichte sagen:
Wer was er denkt auch spricht
Wird öfters auf das Maul geschlagen;
Sich denken konnt ers wohl,
Daß Sie ein Flegel wären;
Doch daß er schweigen soll
Mußt ihn die Klugheit lehren.

Die

Die Wahrheit ist zwar immer gut,
Doch da nicht, wo sie Schaden thut.

Grüne.

Je verflucht! der kommt vollends recht mit seiner Wahrheit, der ist noch gröber, wie der erste Schlingel — — — — Sagt mir nur Leute! was ihr für Volk seyd? Hottentotten, oder Schlaraffenländer?

Richter.

Ei! ei! ereifern Sie sich nicht so gestrenger Herr! Wir sind halt nur Bauern, und reden wie wirs verstehen, wenn aber unser alter Väter Peter mit Sie sprechen wird, der wird Sie schon besser gefallen! — O gestrenger Herr! ich denke doch auch, daß ich sonst einen gescheiten Kopf habe — — —

Grüne.

Natürlich! ich hab es den Augenblick gesehn!

Richter.

Und daß ich mit einem Menschen einen vernünftigen Diskurs führen kann.

Grüne.

Grüne.

O! freilich, zumal wenns brauf ankommt, einem Grobheiten in das Gesicht zu
sagen.

Richter.

Und überdem, hab ich auch noch lesen
und schreiben gelernt; aber aufrichtig von der
Sache zu reden, gegen unsern Peter bin ich
doch nur zu rechnen, wie ein Stückchen Kom-
mißbrod, gegen eine gute Pastete. O das
ist ein Mann! ein Mann der an Geschicklich-
keit seines Gleichen sucht. O gestrenger Herr!
da kommt er eben, wie gerufen.

Eilfter Auftritt.

Peter, Grüne und der Richter.

(Hinter Petern kommen eine Menge Kinder mit
Blumen, sie setzen sich zerstreut umher und fan-
gen an Kränze und Sträußer zu flechten, sie drücken alle durch verschiedene Pantomimische Zeichen ihre Freude und Vergnügen aus.)

Grüne.

(Indem er Petern kommen sieht, vor sich.)
Ein alter ehrwürdiger Greis! (laut zu Petern.)

D   Nun

Nun Vater! seyd ihr derjenige, der heute an unsern gnädigen Herrn die Anrede halten wird? Ihr werdet ihm vermuthlich sehr viel schönes sagen, wenn ihr zu ihm kommt?

Peter.

Ich werde reden, ja! und wenn ich kann, die Sprache des Herzens! glauben Sie mir mein Herr! es ist die einzige Art, eine gute Anrede halten zu können.

Grüne.

Ihr werdet an dem Herrn Grafen, einen recht sehr gnädigen Herrn haben.

Peter.

Und er wird, wenn er anders will, an uns recht sehr gute Unterthanen finden.

Grüne.

Auf die Art werdet ihr ihn auch vermuth-lich sehr gern zu eurem Herrn haben, und ihm, als einem solchen allen willigen Gehorsam lei-sten wollen?

Peter.

Ja mein Herr! wenn er Menschlichkeit besitzt, wenn er uns alle als seine Kinder an-

sieht

ſieht und uns erlaubt ihn als unſern Vater zu lieben und zu verehren, ſo wird er
ſehn, daß wir, bis auf das Kind in der Wie-
ge, das noch kaum laͤllen kann, ihn alle anbeten werden. Sollte er aber die Macht, die
ihm die Vorſicht uͤber uns in die Haͤnde gegeben hat, mißbrauchen, und ſie niedertraͤchti-
gen Seelen, Ohrenblaͤſern und ſchlechten Be-
amten uͤbergeben, die uns nicht allein aus-
ſaugen, ſondern auch noch uͤberdies bey dem
Herrn verſchwaͤrzen wuͤrden, ſo koͤnnen wir
in ſeinen Augen nicht anders als Boͤſewichter
und Laſterhafte zu ſeyn ſcheinen!

Gruͤne.

(vor ſich.) Der Alte zwingt mich Ehrfurcht vor ihm zu haben, bald moͤcht ich ſelbſt
glauben, daß mir vorhin der junge Menſch
Gerechtigkeit wiederfahren ließ, als er mir
die Wahrheit ſo trocken unter die Augen ſagte.

Peter.

Wenn ich mich nicht irre, mein Herr! ſo
ſeh ich in Ihnen denjenigen, der unterdeſſen
unſers gnaͤdigen Herrn Stelle vertritt. ——
Seyn Sie alſo auch im voraus Zeuge von demjenigen Eifer, mit welchem wir uns bereiten,

ihn

ihn frölich zu empfangen. Sehn Sie diese
Kinder, Blumen auf den Weg streuen, den
er betreten soll! ihre schwachen Hände beschäf-
tigen sich mit derjenigen lebhaften Freude, ein
Bild der wahren Unschuld, diese Blumen in
Kränze zu binden. Wir hoffen zugleich, daß
Sie mein Herr! da Sie diese Herrschaft gekauft, und unsre Fluren besichtiget haben, uns
bey ihm das Zeugniß geben werden, daß seine
neuen Unterthanen, den Feldbau verstehn,
und daß der Himmel bis anjetzt ihre Mühe
gesegnet hat.

Grüne.

Ich werde euren Fleiß zu loben wissen.
Macht euch auf meine künftige Freundschaft
Rechnung! (Man hört in der Ferne einige
Schüsse.) Was Teufel! was war das?

Peter.

Kommt Kinder! kommt hurtig! man
überrascht uns. Unsere Freudensbezeugungen
und unser liebevolles Herz müssen die unter-
brochenen Anstalten vertreten. (Er redet die
jungen Leute an.) Ihr Mädchens! so bald unser
gnädiger Herr angekommen ist, so müßt ihr
den Bräutigam abholen, und ihr, ihr Bur-
                                        sche

sche die Braut, theilt die Musik in zwey Chö-
re ab und laßt sie voraus gehen.

Chor.

Auf Freunde! dem besten der Menschen
entgegen,
Der Anblick der Unschuld muß Liebe
erregen.
Empfangt ihn mit Freuden, als Herren
vom Ort
Er bleibt euch Erhalter und Vater hinfort.
Auf stellt euch in Reihen, Ihr Mädchen und
Knaben
Verehrt ihm die Blumen und Kränze als
Gaben
Empfangt ihn mit Jubel den Herren vom
Ort
Er bleibt euch Erhalter und Vater hinfort.

(Unter dem Gesang der letzten Zeilen ziehen sie
alle Paarweis davon.)

Ende des ersten Akts.

　　　Zweyter

Zweyter Akt.
Erster Auftritt.
Aennchen allein.

Arie.

Ach Christoph! wüßtest du
Wie zärtlich ich dich liebe!
Allein voll stolzer Ruh
Kennst du die raschen Triebe
Verliebter Mädchen nicht.

Wie gern gestünd ich dir
Des Herzes warmes Feuer
Erzählte wie du mir
So schön bist, wie so theuer:
Allein das darf ich nicht.

So wie ich früh aufsteh,
So fühl ich Liebesschmerzen
Wie ich zu Bette geh,
Ruft's in dem armen Herzen
Ich lieb', doch Christoph nicht.

Ach

Ach Christoph! du bist bey meiner Quaal un-
empfindlich! du kennst die Leiden der Liebe
nicht, du lebst ruhig und zufrieden, ich Arme
aber nicht. Herzlich gern mit warmen Kuß
und Händedruck wollt ich dir sagen, guter
Christoph! du hast mich in dich verliebt gemacht, aber fürs Mädchen schickt sich das
nicht, was einem jungen Mannsbilde erlaubt
ist, und so muß ichs in dem vollen nagen und
quälen lassen und darf ihm keine Linderung
verschaffen. O! ihr Männer! was habt ihr
doch für schöne Vorrechte vor uns armen
Mädchen! Wenn ihr verliebt seyd, so könnt
ihr zu eurem Liebchen ohne Umstände hinge-
hen, könnt ihr allerley verliebte Dinge vorschwatzen und könnt ihr geradezu sagen, Aennchen! oder wie euer Mädchen sonst heißt, liebes Aennchen! ich bin dir gut, sey mir doch
auch gut, ich will dich recht sehr lieben, Zeit-
lebens lieben! Und da schmeichelt ihr dem guten Seelchen so sehr und gebt ihr so lang gute Worte, bis sie auch weichherzig wird, und
eure Liebe endlich mit Gegenliebe belohnt:
Wir armen Kinder aber müssen das Maul
halten, und wenn wir für Liebe sterben möchten, und müssen warten, bis einer kommt und
sich anbietet, und hernach, wenn er auch ge-

D 4   kom-

kommen iſt, iſts gemeiniglich nicht einmal der
rechte.

Arie.

Wir Mädchen ſind recht ſehr geplagt,
Wir dürfen unſre Lieb' nicht zeigen
Und müſſen, wie die Mutter ſagt
Selbſt die Empfindungen verſchweigen.
Die Mode iſt höchſt ungerecht,
Die Quaal die unſer Buſen trägt
Darf man nicht einmal klagen
Wir dürfen nicht, iſt das erlaubt?
Wenn uns ein Mann das Herz geraubt
Ob er uns liebe fragen.

Zweyter Auftritt.

Grüne und Aennchen.

Grüne.

(Im Heraustreten.) Zum Henker! ſchon
wieder ein hübſch Mädchen! Iſt es doch nicht
anders, als wenn ſich das Geſchmeiße mir
heute mit Fleiß in den Weg ſtellte, daß ich
mich in ſie verlieben und hernach wenn mich
die Bauerlümmel bey ihren Klunden antref-
fen, zur Vergeltung einen Sack voll Grobheiten

heiten einstecken sollte. Aber es thut ihm
nichts! ich wills doch noch einmal wagen und
sehn ob ich bey der mehr Glück habe, als bey
den andern (laut zu Aennchen.) Guten Tag
mein schönes Kind!

Aennchen.

Guten Tag, Herr Grüne!

Grüne.

Du bist ja ein allerliebster Engel!

Aennchen.

Hm! mit meiner Engelschaft gehts wohl
noch an. Sie spaßen nur, wenn Sie so mit
mir sprechen.

Grüne.

Nein! nein! mein liebes Herzchen! ich
spaße nicht, ich rede die lautere Wahrheit, du
bist recht sehr hübsch, recht sehr schön! aber
ehe wir weiter reden sage mir doch vor allen
Dingen artiges Mädchen! wie heißt du denn?

Aennchen.

(verneigt sich.) Aennchen heiß ich Herr
Grüne.

D 5 Grüne.

Grüne.

Aennchen? hm ein hübscher Name, ein
hübscher Name! und dein Vater?

Aennchen.

Ist hier der Richter im Dorfe.

Grüne.

Der Richter im Dorfe? Ei ei! — —
Ja nun wenn du eine Richters-Tochter bist,
so mußt du auch einmal mehr, als eine ge-
meine Bauersfrau werden wollen, und höre
nur an! die Gelegenheit darzu könnte sich vielleicht eher treffen, als du selbst glaubst. —
— Ja! ja! liebes Aennchen! ich muß dirs
gestehen, ich bin dir von ganzem Herzen gewo-
gen, und wenn du mir auch wieder so gut seyn
wolltest, wie ich dir bin, so könnte sich so
was schicken. — —

Aennchen.

Ach gehn Sie! gehn Sie, Herr Grüne!
Ja! wenn Peters Christel nicht gewesen wäre, so hätt ichs vielleicht glauben können,
aber so seh ichs gar zu gut, daß Sie die
Mädchen nur beziren wollen, und daß Sie
das einer jeden vorschwatzen die Ihnen in
den

den Wurf kommt und die Geduld hat Ihren
Spaas mit anzuhören.

Grüne.

Hm! du kleiner Dieb! du hast wohl so
ziemlich recht! ich habe so eine empfindliche
Seele, daß ich alles lieben muß was schön
ist, und was mir in die Augen fällt: Aber
ich kann mir meiner Seele nicht helfen! ich
bin einmal mit einem solchen empfindlichen
Herzen geschaffen.

Arie.

Wer kann nun schon für die Natur?
Ich nicht! ich muß gleich lieben!
Und find ich auf der schönen Flur
Ein Kind von zarten Trieben,
So ists geschehn! ich red sie an,
Und frag ob sie mich lieben kann.

Liebst du mich nun! so sag es gleich!
Hier gilt kein lang Verweilen!
Ich bin ein Herr, ich bin sehr reich
Willst du, so mußt du eilen.
Sprich hurtig! du willst mich zum Mann,
Sonst treff ich hundert andre an.

Hast

Haſt bu mich verſtanden Aennchen? Sprich
hurtig! was ſagſt, du darzu?

Aennchen.

Was ich ſage? — — — Ja nun!
ich wollte es Ihnen wohl frey geſtehn, was
ich denke und was ich mir wünſche, aber ich
fürchte nur immer Sie möchten darnach böſe
werden, wenn ichs Ihnen einmal geſtanden
habe.

Grüne.

Nein! ich verſpreche dirs, ich will nicht
böſe werden! Auf mein Wort, ich werde
nicht böſe, du magſt wir ſagen was du willſt.

Aennchen.

(lächelnd mit niedergeſchlagenen Augen.) Je
nun! — — — wenn das iſt? — — Es
iſt wahr, Sie könnten mir zu meinem Glücke
behülflich ſeyn, — — — aber — — —
ach ich ſchäme michs zu ſagen — — — und
hernach — — —

Grüne.

Schämen! ſchämen! was brauchts da
viel zu ſchämen? Heraus mit der Sprache!
was

was drückt dich denn so gar zu sehr auf deinem kleinen albernen Herzchen?

Aennchen.

Ach Herr Grüne! — — — Ich wollte Sie wohl bitten! — — — sehn Sie — — — da in dem Hause drinne — — — (Sie zeigt auf Karls Haus.) Da drinne wohnt mein Liebhaber. Er mag mich zwar nicht, — — — wenn Sie aber ein gutes Wort für mich bey ihm einlegen wollten, so glaube ich ganz gewiß, daß er mich mögen würde.

Grüne.

(Der ganz erstaunt zugehört, vor sich.) Uf! der Teufel! das war ein großer Strich durch meine Rechnung! sich auf einmal aus einem Liebhaber zum Kuppler gemacht zu sehen, das ist ein abscheulicher Gedanke! — — Aber es schadt ihm nichts! — — muß ich mir schon die Liebe vergehn lassen, so kann ich mich doch wenigstens rächen! das ist das Haus, wo der Kerl wohnt, der mich vorhin so grob ablaufen ließ! — — warte, warte Schurke! ich will dir eine Pastete zurichten, die dir gewiß im Halse stecken bleiben soll.

Aennchen.

Aennchen.

Sehn Sie, daß ich Sie böse gemacht
habe! Nun stehn Sie da, und reden kein
Wort; und Sie versprachen mir doch vorhin,
daß Sie nicht böse werden wollten, wenn
ich das gewußt hätte, so würd ich hübsch mein
Maul gehalten haben.

Grüne.

Ach! ich bin ja nicht böse auf dich! ich
habe nur der Sache ein wenig nachgedacht.
Höre Aennchen! so schwer mir auch die Erfül-
lung meines Versprechens ankommt, weil ich
dir selbst gut bin und dich gerne selbst zum lieben Weibchen gehabt hätte, so gern will ich
doch dein Vergnügen dem meinigen vorziehen.
Ich will dir deinen Liebhaber verschaffen.

Aennchen.

Ach wenn doch das wahr wäre, lieber
Herr Grüne! ich wüßte doch wahrhaftig nicht,
was ich für Freuden thun sollte.

Grüne.

Ja! ja! es soll wahr werden, du kannst
dich drauf verlassen, und ich verspreche nichts,
was ich nicht zu halten im Stande wäre;
                                    aber

aber freylich mußt du auch selbst das deinige
dazu beytragen, wenn es dein Ernst ist, daß
du ihn zum Mann haben willst.

Aennchen.

Ei! wenns auf mich nur ankommt, da
können Sie sich sicher drauf verlassen, daß
es an mir nicht fehlen soll, sagen Sie nur,
was ich etwan darbey thun kann?

Grüne.

Höre nur! Ich bin hier Verwalter und
zugleich als Amtmann und Gerichtshalter
über alle herrschaftlichen Güter angestellt. Du
sagtest mir vorhin, der Kerl möchte dich nicht,
wenn das ist, so wirst du ihn auch niemals
im Guten bekommen, du mußt also dahin
bedacht seyn, daß du ihm einmal unvermu-
thet durch Schmeicheleyen ein Paar Worte im
Spaaße entlockst; alsdann komm hurtig zu
mir und verklag ihn, daß er dir das Heirathen versprochen, da sollst du sehen, wo ich
ihn nicht dazu zwingen will.

Arie.

v. I.

Gestrenger Herr! ich komme klagen
Mußt du zu mir als Amtmann sagen,

Daß

Daß mich der Bursch betrogen hat.
Er hat mirs vielmal zugeschworen,
Nur ich seys die er sich erkohren;
Und nun ist er schon meiner satt!

v. 2.

Mich wird das ganze Dorf verlachen
Und ein Gespötte aus mir machen,
Drum bitt ich um Gerechtigkeit.
Drauf sag ich: Flegel! mußt du lügen,
Und Richters Aennchen so betrügen?
Ich rathe dirs, nimm sie noch heut.

v. 3.

Und sollt er sich noch ferner wehren,
So mußt du ein klein Eidchen schwören,
Daß er dich hintergangen hat.
So wird der Vogel eingefangen;
So kannst du einen Mann erlangen,
Durch meine List und meinen Rath.

Aennchen.

Nein Herr Grüne! das thu ich nimmermehr,
und sollt ich meine Lebenstage ohne Mann
bleiben müssen.

v. 4.

Ich sollte falsche Eide schwören
Und er aus Zwang mir angehören?
                    Nein!

Nein! nein! mein Herr! das mag ich nicht,
Ich wünschte sehr mit ihm zu leben,
Doch will er mir sein Jawort geben,
So seys aus Liebe, nicht aus Pflicht.

v. 5.

Ich hatt' ihn mir zum Mann erkohren,
Doch niemals hab ich falsch geschworen
Und jetzo schwör ich auch noch nicht.
Ich bin ihm gut, ich kann ihn leiden,
Doch will ich ihn viellieber meiden,
Ihn fliehn, liebt er mich nur aus Pflicht.

v. 6.

Die Liebe muß auf beyden Seiten
Uns hin zu dem Altar begleiten.
Nicht Bosheit hier, nicht dort nur Pflicht:
Ich sollte mir den Mann erschwören,
Und er aus Zwang mir angehören?
Nein! das thut Richters Aennchen nicht!

Grüne.

(vor sich.) Das verdammte Bauernge-
schmeiße ist so ehrlich, so dumm ehrlich, daß
man sich dabey zu Tode ärgern möchte! Der
alte Narr hat glaub ich mit seiner verzwei-
felten Tugend das ganze Dorf angesteckt!

E   (laut

(laut zu Aennchen.) Gut, gut! recht sehr
gut! du kannst ja thun und lassen was du
willst, du gewissenhaftes Närrchen! ich mach-
te dir ja den Vorschlag blos um dir zu zeigen, daß ich mein Versprechen gern zu halten
pflege, und daß ich für dein Glück sorgen wollte, so gut als wenn ich dein eigner Vater wäre, willst dus aber selbst so muthwil-
lig verscherzen, je nun meinethalben! ich ver-
liere am wenigsten darbey.

Dritter Auftritt.

Christoph, Grüne und Aennchen.

Christoph.

Gut daß ich dich treffe Aennchen! sag mir
nur, wo läufst du denn herum? Ich habe
dich schon im ganzen Dorfe gesucht. Im
Brauthause sehn sie dir schon alle mit Schmerzen entgegen. Christel und die Kranzjung-
fern sind schon lange alle fertig und, warten nur drauf, daß der neue Herr
bald nahe genug ist, um ihm entgegen zu
gehn, und du bist nur noch die einzige, die
nicht da ist. Sie sind alle recht sehr böse

auf

auf dich, daß du nicht auch zu rechter Zeit kommst, wie andre Leute.

Grüne.

Ja, das ist kein Wunder, daß sie die Zeit versäumt. Wenn man so verliebt ist, wie das Mädchen da, so vergißt man alles übrige. Es schmerzt ihr, daß der Kerl, der bey der Lustbarkeit den Bräutigam vorstellt, eine andere als sie zur Braut haben soll.

Aennchen.

Ach ja wohl Herr Grüne! da haben Sie sehr unrecht gerathen, wenn Sie glauben, daß ich Karln gut wäre. Nein! nein es ist ein ganz anderer, den ich gern zum Manne haben möchte.

Grüne.

Je! Narre! Narre! wer wohnt denn sonst in dem Hause dort als der junge Laffe, der dir dein albernes Gehirnchen verrückt hat? (Er zeigt auf Karls Haus.)

Christoph.

In dem Hause dort? je der Henker! Herr Grüne! ich wohne ja auch mit in dem Hau-

se!

se! Aennchen! liebes Aennchen sag mir's aufrichtig sollt es wohl möglich seyn, daß du
mir gut wärest?

Aennchen.

Lieber Christoph! erspare mir ein Ge-
ständniß, das sich für ein tugendhaftes Mädchen niemals gut schicken will.

Grüne.

Was der Teufel! bin ich denn heute be-
hext, oder bezaubert, daß alles anders geht,
als ich mirs einbildete?

Christoph.

Also liebst du mich wirklich, gutes Aennchen? Ach ich muß dirs nur frey bekennen,
daß ich dich schon recht lange und recht von
Herzen geliebt habe, daß ich mich aber niemals unterstehen wollte, dir meine Liebe zu
entdecken; denn ich fürchtete, daß mir dein
Vater, als ein reicher Mann ganz gewiß eine
abschlägliche Antwort geben würde, und denn
daß mein Bruder, dem eigentlich unser ganzes Vermögen gehört, mir nicht so viel geben wird, als zur Erhaltung einer Familie
nothwendig ist.

Aenn-

Aennchen.

, Nur darum haſt du ſo lange ſtill geſchwie-
gen? O! daß ſind meine geringſten Sorgen!
glaubſt du denn daß mein Vater ein ſolcher
alter Geizhals iſt, daß er mich keinem andern
als nur wieder einem reichen Manne zur Frau
geben ſolle? Nein? nein! er hat mirs ſchon
verſprochen, ich mag nehmen, wen ich will,
und wenn mein Bräutigam keinen Rock auf
dem Leibe hätte, ſo ſoll ich ihn doch bekommen,
wenn ich ihm gut bin, und wenn er mir gefällt. Mein Vater ſagte zu mir ſchon mehr
wie hundertmal, Aennchen, wenn man hei-
rathet ſo muß man nur auf den Mann und
auf ſein gutes Herz, aber niemals auf das
Vermögen ſehen, hernach erzählte er immer

Arie.

Ich bin zu deiner |Mutter gekommen,
Und habe ſie mir zur Frau genommen,
Und habe ſie nicht gefragt. hat ſie
Haus, Hof, Geld, Acker, oder Vieh.
Ich ſagte nur, Marthe! willſt du mich
                                        freyen
So ſoll dich der Handel gewiß nicht ge-
                                        reuen,

Hans!

Hans! sagte sie drauf, hier hast du die
Hand!
Und so wurd ich und Marthe bekannt.
Wir giengen zusammen, wir machten nicht
lange
Es wurde mir um sie, ihr wurd um mich
bange,
So war ich ein Bräutgam, so war sie die
Braut
Und gleich darauf hat uns der Pfarrer ge-
traut.

Christoph.

Ha! goldnes Aennchen! wenn das deines
Vaters Wille ist, so wollen wir auch nicht
lange machen, so sollst du von diesem Augenblicke an meine Braut seyn, und der Pfarrer
soll uns auch im kurzen trauen! aber jetzt halt
dich nicht länger auf. Komm mit, denn im
Brauthause warten sie schon lange auf uns.

Aennchen.

Ja komm! Christoph komm, wir wollen
gehn, nun geh ich noch einmal so gerne mit,
als vorher. Nun Abjeu! Herr Grüne! leben Sie
wohl! nun bleibt das kleine Eichen nur unter uns zweyen. (Sie geht mit Christophen fort.)

Vier-

Vierter Auftritt.

Herr Grüne alleine.

(Ihnen nachsehend.) Daß ihr den Hals
brechen müßtet! ist es doch meiner Seele nicht
anders, als wenn sie sich hier in dem ganzen
Neste ausdrücklich zusammen verschworen
hätten, nach eigenem Belieben ihren gnädigen Spaaß mit mir zu treiben! Aber wartet
nur wartet ihr miserabeles Halunkenzeug!
ich wills euch schon eintreiben, laßt mir nur
erst den Herrn Grafen hergekommen seyn, ich
will euch auf eine solche Art bey ihm recom-
mandiren, daß ihr euch verwundern sollt!
Herr Grüne wird euch das Gerichte zusammen brocken, der Graf soll's pfeffern und sal-
zen und ihr sollt daran zu schlucken kriegen,
so lange ihr lebt und so lange als ich nur eine Hand rühren kann. O! ihr kennt den
Herrn Verwalter Grüne noch nicht recht,
aber ihr sollt ihn schon noch kennen lernen.
(Man hört vom weiten die Bauernmusik.) Ha!
ha! der Graf kommt, hurtig entgegen Herr
Grüne und einen krummen Buckel gemacht!
(Er eilt hurtig ab.)

Fünfter Auftritt.

(Eine Anzahl Bauernmusikanten führen den
Zug, denen folgen Paar und Paar die Knaben
und Mädchen in festlichen Kleidern, hernach
folgen einige Bauern mit Gewehr, endlich der
General vom Richter und Peter in der Mitte ge-
führt, darauf Herr Grüne und die gräflichen
Bedienten, endlich wieder die übrigen Bauern
von der Gemeinde, die Kinder streuen unter wäh-
rendem Zuge Blumen und alle singen.)

Chor.

Laßt munter mit Blumen die Wege be-
streuen,
Worauf der Vater des Dorfes einzieht;
Laßt heute die Herzen in Unschuld sich freuen,
Weil er sich um euer Glücke bemüht.
Ruft laut auf! Es lebe der Vater der Freude,
Er lebe viel Jahre so glücklich wie heute!

Der Richter.

(Nachdem er allerley wunderliche Komplimente und Verbeugungen gegen den General gemacht, hält er endlich folgende Rede.) Gnädiger, gestrenger Herr General! die große
Freude,

Freude, und das große Vergnügen, welches
wir haben in Ihnen gnädiger Herr! den neuen
Herrn unsers Dorfes zu erblicken ist zu groß,
als daß sie — — als daß man sie ausspre-
chen könnte. — — — — Wie unser
voriger gnädiger Herr starb, Gott hab ihn
selig, da kamen wir alle mit einander in der
Schenke zusammen und steckten für Schrecken die Köpfe in einander, wie eine Heerde
Schaafe wenn sie der Hund zusammen jagt!
— — — Ja! sagten wir zu einander: hin
ist hin! und todt ist todt! und vor den Tod
kein Kraut gewachsen ist, pflegt immer der
Apotheker zu sagen; aber schmerzen muß es
einem doch, daß er gestorben ist, denn er war
in seinem Leben ein gar zu guter lieber Herre, und wenn wir nun so einen rechten bösen
Teufel darauf kriegen sollten, der uns so das
Fell cum salvo venio zu sagen recht über die
Ohren ziehen wird, so müßte unsre arme löb-
liche Gemeinde gewiß bald wieder in ihre vo-
rigen armseligen Umstände gerathen! Wir
bitten also Euer Gnaden, Euer Excellenzen,
Euer Hochwürden ganz unterthänig — —
— ganz gehorsamst — — — daß sie doch
für uns die große Gnade, die — — —
die große Huld — — — die, die, die

große

große Liebe— — — die, die, — — die
— große Erbärmlichkeit — — die die — —

General.

Ich verstehe euch guter Richter! ich wil-
lige mit Vergnügen in euer Verlangen und
ich werde für euer Glück, wie ein Vater für
seine Kinder sorgen.

Richter.

O! wenn Sie das thun wollen Eure Ex-
cellenz, gnädiger, gestrenger Herr: so können wir wohl Gott nicht genug dafür danken, auf diese Art werden wir inskünftige
zwey Väter im Dorfe haben, denn sehn Sie
nur gnädiger Herr! alles was Sie hier bey uns
sehen, das ganze Bischen blutige Armuth,
haben wir da dem Vater Peter zu verdanken. Er hat uns gelernt, wie wir wirth-
schaften und wie wir unsere Aecker verbessern
sollen. Ehe er hierher kam, war fast keiner
unter uns, der nicht mit dem andern im Strei-
te lebte; er nahm es über sich, unsre Kinder
zu unterrichten, nach und nach kamen wir alten Narren selbst mit, um seine guten Ver-
mahnungen anzuhören, da predigte er uns
alles so vor, daß wir ihm endlich unser ganzes

zes Vertrauen schenkten, und ihn in allen Dingen um Rath fragten, dadurch hat sich unter
uns die Einigkeit wieder eingefunden, und
nun leben wir alle ruhig und vergnügt.

General.

(Zu Petern.) Ihr seyd der würdige Mann?
Mein Verwalter hat mir von euch viel Gutes
gesagt. Ich werde zu euch in die Lehre kommen, und mich von euch in der Haushaltungs-
kunst unterrichten lassen.

Peter (lächelt.)

General.

Ihr lacht? — — — Glaubt ihr denn,
daß ein alter Kriegsmann wie ich zeither gewesen bin, viel Zeit hat, sich auf die Oeko-
nomie zu legen? — — Jetzt bin ich frey,
und will zur Abbüßung meiner alten Sün-
den, mich künftig mit nichts anderm abgeben,
als euch allen meine aufrichtige Liebe und
Freundschafe zu bezeigen.

Peter.

O! gnädiger Herr! wie sehr erhöhet Sie
nicht diese Art zu denken, über Ihren Stand
und den Glanz der Sie umgiebt! Ich Sie un-
terrich-

terrichten? Ja! aber blos von demjenigen, was in unsern Herzen vorgeht! sehn Sie die Thränen, die vor Freuden unsre Augen benetzen. Wie ist dieses Opfer nicht von demjenigen unterschieden, das man blos den Großen aus Heuchelei darbringt. O Freude! o Kinder! laßt ohne Zwang den Trieb eurer Herzen aus eurer Brust hervorsteigen. Küsset, benetzet die Hand dieses gütigen Vaters! laßt euren Mund frohlockend ausrufen, es lebe unser gnädiger Herr, es lebe unser gütige Vater.

Alle.

Es lebe unser gnädiger Herr! es lebe unser gütiger Vater!

General.

Kinder! eure zärtliche Liebe preßt mir Thränen aus. Sagt mir, was ich für euch thun soll, und ihr werdet sehen, daß ich mich mit allem möglichen Eifer dahin bestreben will, eure Wünsche zu erfüllen.

Peter.

Um dieses edle Werk ihrer Wohlthaten zu krönen, so geruhen Sie, zwey junge Leute mit einander zu verbinden, die sich vollkommen

men glücklich schätzen werden, wenn Sie Ihnen, gnädiger Herr! ihr eheliches Glück zu
verdanken haben

General.

Mit Vergnügen! laßt Sie nur zu mir
kommen!

Peter.

(Giebt ein Zeichen und es fängt sich der
Brautzug an.)

Sechster Auftritt.

(Voran gehn die Musikanten, hernach Karl von
Christoph und noch einem jungen Burschen und
dann Christel von Aennchen und noch einer Krän-
zeljungfer geführet, denen folgen noch viele andere Hochzeitgäste.)

Karl.

(Erblickt im Herausgehn den General, und
fährt mit Schrecken zurück.) Himmel! ich bin
verlohren, wohin soll ich mich nun verbergen?

Christel.

(Christel geht gerade zum General und steckt
ihm einen Blumenstrauß mit Bändern an den
Rock.)

Rock.) Erlauben Sie, gnädiger Herr! Ihnen diesen Strauß zu verehren: Er ist nicht kostbar, aber da es ein Geschenk meines Bräutigams ist, so wird er mir unschätzbar, nehmen Sie ihn daher als das rührendeste Opfer meines Herzens an!

Arie.

Ist dieser Strauß gleich von geringem Werth.
So wird er doch von mir sehr hoch geehrt,
Als ein Beweis der zarten Triebe
Worinnen unsre Herzen glühn:
Doch schenk ich ihn mit Freuden hin,
Denn Sie verdienen mehr als Liebe.

General.

Ich danke dir liebes Mädchen! und versichre dich zugleich, daß ich mit dem gerührtesten Herzen an allen euren Freuden den empfindlichsten Antheil nehme. Aber wo ist denn der Bräutigam? will er sich von mir nicht auch sehen lassen?

Karl.

(Stürzt hervor und wirft sich seinem Vater zu Füßen.) Ja! er wird sich Ihnen zeigen, sich nicht länger vor Ihnen verbergen. Aber
zärtlich

zärtlich geliebtester Vater! wenn es anders
ist, daß Sie einen wahrhaften Antheil an dem
Schicksale ihres Sohnes nehmen wollen, so
lassen Sie sich durch seine Demuth rühren,
trennen Sie ihn nicht — — —

General.

Gott steh mir bey! ich glaube gar —
— — Ja! meiner Seele er ists, er ists!
Ists möglich Junge? du hier? und als ein
junger Bauerkerl hier? — — Je! zum Teufel! was soll denn der artige neue Streich
wieder bedeuten? — — Ich vermuthe dich
beym Regimente und du läufst hier derweile
unter den Bauern en Masque herum? —
— — Mache nicht Bursche! ja, ja Bursche! so kann ich als Vater zu dir sagen! mache nicht, daß ich dich nach Verdiensten bestrafen muß!

Karl.

Wenn die feurigste Liebe Strafe verdient,
mein Vater! so bin ich ohne Zweifel der Straf-
barste unter allen Menschen; aber seyn Sie
zugleich versichert, daß nichts als der Tod
mich von diesem reizenden Gegenstande meiner tugendhaften Liebe trennen kann.

Arie.

Arie.

Ich weiß es, daß ich Zorn verdiene,
Ich weiß es, daß ich strafbar bin!
Doch sehn Sie nur die holde Miene,
O! sehn Sie nur auf Christeln hin,
Nun mögen Sie als Vater sprechen,
Begeht Ihr Sohn noch ein Verbrechen,
Wenn er dem holden Mädchen schwört,
Daß ihr sein Lebenselbst gehört?

Wollen Sie nun Ihren Sohn auf ewig sein
Daseyn segnen hören, so mißbilligen Sie nicht
eine Liebe — — — —

Peter.

Halten Sie ein, mein Herr! dem Beleidigten kommt zuerst zu zu reden. Ihr Herr
Vater ist zu billig, als daß er mir dieses
Recht streitig machen sollte! — — Wie?
Sie haben sich nicht geschämt, eine Geschichte zu ersinnen, damit Sie einen alten ehrlichen
Mann hintergehn könnten, der Ihnen sein
Herz eröffnet, Sie mit Freuden in sein Haus
aufgenommen hat? von Ihrer verstellten Redlichkeit eingenommen, trug ich Ihnen den
einzigen Schatz der mir noch übrig geblieben
ist, dieses tugendhafte Mädchen, meine Tochter

ter an, und Sie wollten nun mich dafür zu
belohnen, mein Herz zerreißen, mich und meine Tochter unglücklich machen und mich auf
die Art meines Lebens auf die empfindlichste
Art berauben? — — — Ha! mein Herr!
lassen Sie uns den Fall setzen, diese unglückliche Heirath wäre vollzogen worden; würde
Ihr Vater nicht gleich auf die erste Nachricht
dieses Band wieder zerrissen haben? Was
wäre wohl nachdem aus diesem unglücklichen
Opfer Ihrer und meiner Leichtgläubigkeit geworden? — — Ich weiß wahrlich nicht
was mich zurück hält, den Degen, den ich
vor diesem jederzeit mit Ehren getragen, wieder zu ergreifen und ihn in Ihrem Blute zu
waschen? — — — Verzeihen Sie gnädiger Herr! dem Eifer und dem gerechten Zorne eines unglücklichen Greises! — — Komm
Christel! komm meine Tochter! dich vor dem
Angesichte des Ewigen nieder zu werfen, und
ihm zu danken, daß er dich vor einem gottlo-
sen Verführer behütet hat. Der Himmel
wird unser Dankgebet erhören und uns unsre
Ruhe wieder schenken! Sie aber mein Herr!
ersparen Sie Ihrem Herrn Vater, der Sie
unmöglich ohne Abscheu mehr ansehen kann,

F   den

ben Schmerz unmögliche Bitten anzuhören.
(Er will mit Christeln abgehn.)

Karl.

(Karl der ihm vorspringt und beyde aufhält:)
Ach Vater Peter! ach beste liebste Christel!
ich sterbe wofern ihr mir nicht vergebt.

Christel.

Hoffen Sie nach dem, was jetzt zwischen
uns vorgefallen ist, von mir keine Liebe mehr!
— — — Leben Sie wohl, leben Sie glücklich mein Herr! und erinnern Sie sich zuwei-
len, daß meine Freundschaft und Hochachtung gegen Sie nicht verdient hatte auf solche Art von Ihnen hintergangen zu werden.

Arie.

Kein Haß schleicht statt der Freundschafts
                    Triebe —
Noch jetzt in meinen Busen ein;
Doch soll auf ewig Männer-Liebe
Aus dieser Brust verbannet seyn.
Ich will mein Loos geduldig tragen,
Zerstören meine Leidenschaft,
Was Christel wünscht, muß ich noch sagen,
Ist, daß Sie nie der Himmel straft.

                              (weinend

(weinend zu Petern.) Kommt liebster
Vater! laßt uns fort gehn!

Karl.

(verzweiflungsvoll.) Nein! niemals meine Christel! meine Gattin! niemals werd ich
dich verlassen, nichts als der Tod — — —

Peter.

Herr! mißbrauchen Sie nicht länger meine
Geduld, sie kennt nun keine andere Gränzen
mehr, als bloß noch die Ehrfurcht für Ihren
Herrn Vater.

Karl.

(zu Petern.) Ach! wenn Sie wüßten
mein Herr! wie viel ich selbst ausgestanden
habe; da ich mich gezwungen sahe, Sie so
abscheulich zu hintergehn. Ich war außer
mir selbst und wollte mich schon vorhin zu den
Füßen Ihrer Tochter entdecken, als dieser
Mensch, den ich noch nie in den Diensten
meines Vaters gesehen, uns in unserer Un-
terredung und mich in meinem guten Vorsa-
tze unterbrach.

Peter.

Es geht zu weit! — — du zwingst
mich Verwegener! ein Geheimniß zu entde-

cken,

cken, welches ich mit mir ins Grab nehmen
wollte. — — Wiſſe alſo, daß meine Geburt der deinigen gleich iſt. Aber um dir
zugleich zu beweiſen, wie ſehr ich die Falſchheit verabſcheue, und daß mich kein Eigen-
nuß verblendet, ſo höre dieſen meinen Schwur,
ſo wie ihn Gott höret — — —

General.

Halt Freund! Schwören Sie nicht zu
früh! ſagen Sie mir bey Ihrer Ehre ſind
Sie ein Edelmann, wenigſtens ſonſt von gu-
tem Stande?

Peter.

Ich errathe Ihre Geſinnungen mein Herr!
aber nichts kann meinen Entſchluß ändern.
Sie können übrigens von meiner Geburt glauben, was Sie wollen, aber nie werden Sie
erfahren, wer ich bin. Meine Eigenſchaf-
ten ſind ein ehrlicher Mann, ein guter Vater
und ein guter Bürger zu ſeyn. Uebrigens
verabſcheue ich alle Falſchheit.

General.

Das iſt auch das ſchönſte was man thun
kann, aber man muß außerdem auch noch

ver-

verzeihen können. — — Wollten Sie meinem Sohne wirklich vergeben?

Peter.

Ja! denn ich glaube, daß seine Reue aufrichtig ist, ich verzeihe ihm von ganzen Herzen, und denke nicht mehr an das Vergangene. Komm Christel! komm laß uns gehen.

Karl.

O! mein Vater! mein Vater! ach guter Peter! ach meine liebste Christel! alles alles will ich ertragen, nur nicht Trennung von der, die ich anbete.

General.

Nun hören Sie nur liebster Freund! Sie müssen die Sache auch nicht gar zu weit treiben. Sehn Sie sich nur den armen Teufel da einmal recht an und überlegen Sie es genau, er hat das Mädchen gesehn, Sie hat ihm gefallen, und er wurde verliebt. Das sind so Dinge, die ganz natürlich aus einander folgen; wir wollen als Väter handeln und uns erweichen lassen.

F 3　　　　Peter.

Peter.

Ich bin untröstlich, mein Herr! soll ichs Ihnen aufrichtig gestehen, Ihre Güte, die Thränen meiner Tochter, die Reue Ihres Sohnes, mein eignes Herz, alles rührt mich auf das äußerste, aber erwarten Sie nie, Ihnen von meiner Geburt eine weitere Erläuterung zu geben.

Richter.

(Der bisher ganz wehmüthig auf der Seite gestanden, und seine Thränen zu Zeiten mit dem Rockermel aufgefangen hatte.) Je! nun gnädiger Herr! wenn er nicht reden will, so kann ich mir nicht helfen, so muß ich's Maul aufsperren und — — — —

Peter.

Schweigt!

General.

Willst du wohl reden!

Richter.

Richter.

Ja! das werd ich auch, ich werde auch
reden, ich kann unmöglich länger schweigen; Sie haben da alle so viel schöne Sa-
chen hergeschwatzt, daß ich ganz weichherzig
geworden bin, ich habe weinen müssen, daß
mich der Bock gestoßen hat. — — —
Sehn Sie nur gnädiger Herr! der alte Peter da ist der Herr Baron von Jülchenstein!

General.

Du der Obrist von Jülchenstein, der seinen General — — aber du hattest Recht,
der alte Kerl zwang dich ja darzu! — —
O! wie freut michs, daß ich dich wieder sehe! (Er umarmt ihn.) Einen Kuß alter Kriegs-
kammerad! nun kennst du denn deinen Freund
Altenhorst nicht mehr?

Peter.

(Ihn küssend.) Du mein redlicher Freund
Altenhorst? O wie hab ich dich verkannt!

Karl.

(Der unterdessen zu Christeln gegangen.)
O! allerliebste Christel! wir werden noch
glücklich seyn.

Gene-

General.

Ja! ja! alter Knabe, damals waren wir auch ganz andere Kerls wie jetzt, nicht solche ausgetrocknete Stelzfüße, wie nun. — — — Aber laß uns zur Hauptsache kommen Bruder! willst du dich noch länger sperren, deine Tochter an meinen Sohn abzutreten, und wirst du nun deinen übertriebenen Eifer einmal ablegen?

Peter.

Jetzt würde er sehr übel angebracht seyn. Du willst es? gut dein Wille soll geschehen. (Zu Karl und Christel.) Gebt einander die Hände und werdet ein glückliches Paar!

General.

Nun! ihr Kin■■was sagt ihr dazu? — — (Karl und Christel lächeln.) Ei ihr Spitzbuben! ihr lacht! ja! ja! ihr habt meine Seele recht, jetzt habt ihr gut lachen, weil eure Liebe einen solchen guten Ausgang genommen hat.

Christoph.

(Zu Karln.) Nun erlauben Sie mir auch eine Bitte, gnädiger Herr! Ihr treuer Diener

ner folgt Ihrem Beyspiele! — — Richters
Aennchen ist mir gut, und ich liebe sie wieder, wenn nun Sie und des Mädchens Vater ihr Jawort dazu geben wollten. — —

Karl.

Von Herzen gerne! und damit du nicht
mit leeren Händen zu ihr kommst, so schenk'
ich dir das Bauerngut, das ich meiner Christel zu Liebe gekauft, und bis jetzt besessen
habe. — — — Was sagt ihr dazu lieber Richter?

Richter.

Was ich dazu sage? Ja nun! da muß
meine Anne selbst reden. Nun sprich! magst
du ihn denn zum Manne?

Aennchen.

Ach ja lieb Vaterchen! ich bin ihm schon
lange gut gewesen.

Richter.

Nun da sieht mans doch hell und klar,
daß an Sprüchwörter zu glauben ist! Ich
F 5   sage

sage immer, unverhoft, kommt oft, und das
hat da bey meiner Anne heute eingetroffen.
Nun in Gottes Namen! aber das sag ich ihm
gleich, Herr Schwiegersohn! mach er, daß
das Richteramt nicht aus der Familie kommt,
denn es ist im Dorfe hier erblich.

Rundgesang.

Karl und Christel zusammen.

Holde Freuden! kehret heute
In dem frohen Dörfchen ein
Weit entfernt von allem Neide,
Wird hier unsre Ruhstatt seyn.

Chor.

Euch soll stetes Glück umschweben
Ewig soll die Tugend leben.

Karl.

Christel! deiner holden Liebe
Widm' ich meine Zärtlichkeit
Und durch immer zartre Triebe
Sey sie ewig dir erneut.

Chor.

Chor.

Euch soll stetes Glück umschweben
Ewig soll die Tugend leben.

Christel.

Du bist mir stets werth gewesen
Auch da ich dich falsch geglaubt;
Nun widm' ich mein ganzes Wesen
Karln, bis mich der Tod ihm raubt.

Chor.

Euch soll stetes Glück umschweben
Ewig soll die Tugend leben.

Peter.

Solche Freude, solch Vergnügen;
Hofft ich heute wahrlich nicht:
Nun will ich dort gerne liegen,
Wo die beste Gattin liegt.

Chor.

Euch soll stetes Glück umschweben
Ewig soll die Tugend leben.

Richter.

Richter.

Und ich gratulir von Herzen
Nachbar Peter! gnädger Herr!
Nach den überstandnen Schmerzen
Schmeckt die Freude desto mehr.

Chor.

Euch soll stetes Glück umschweben
Ewig soll die Tugend leben.

Grüne.

Weil denn alle gratuliren,
Stimm ich auch von Herzen ein!
Besser will ich mich aufführen,
Wenn sie diesmal mir verzeihn.

Chor.

Euch soll stetes Glück umschweben
Ewig soll die Tugend leben.

Karl

Karl und Christel.

(Ans Parterre.)

Holde Freuden kehren heute
Auch bey unsern Gönnern ein!
Weit entfernt von allem Leide
Soll das Glück ihr Schutzgott seyn.

Chor.

Stetes Glück soll sie umschweben,
Unsre Gönner sollen leben